POÉSIE

SOUVENIRS
HISTORIQUES
DE
NOTRE-DAME DU PUY
ANNOTÉS ET SUIVIS
D'UN ÉPISODE
SUR LA
Révolution de 1793,
au Puy, etc.

PUY,

TYP. PHARISIER.

LE PUY EN VELAY (Hte LOIRE)

Lith. B. Champanhac, au Puy.

SOUVENIRS POÉTIQUES

SUR L'HISTOIRE

DE NOTRE-DAME

DU PUY,

ANNOTÉS ET SUIVIS

De l'érection de la Statue monumentale de Notre-Dame
de France sur le Mont-Anis; d'un épisode sur l'héroïsme des victimes de la Révolution de 1793;
auquel on a ajouté la Paraphase ou l'ex-
plication de l'Oraison dominicale,
et une Invocation à Marie,
etc., etc.;

Par M. l'Abbé Giban.

LE PUY,
Typographie d'Isidore Pharisier.

1860

SOUVENIRS POÉTIQUES

Sur l'Histoire

De Notre-Dame du Puy.

————⟨∞⟩————

Salut, temple sacré, dont notre antique histoire,
Au temps de St-Vozy, fait remonter la gloire (1);
Salut, ô saint parvis de la mère de Dieu,
En miracles puissante, admirable en ce lieu ;
Eglise sainte, auguste, appelée angélique ;
On se sent pénétré d'un zèle séraphique,
En entrant sous ce dôme, où les papes, les rois (2)
Venaient se prosterner humblement autrefois.
Aux pieds de ses autels leurs vœux et leurs prières,
De Marie obtenaient des grâces salutaires ;
Tous les peuples alors, dans leur pieux concours,
Accouraient vers Marie implorer son secours ;
Nous allons, disaient-ils, vers la Dame de France:
Et leur pèlerinage avait sa récompense.
Ce temple de tout temps de Rome eut des faveurs,
Qui toujours à Marie attiraient tous les cœurs.
L'indulgence toujours enrichit cette église (3),

Et ce don précieux partout la préconise,
Trésor où le chrétien peut puiser aujourd'hui,
Et par Marie encore être toujours béni.
Mais le plus grand bienfait pour notre Cathédrale,
Dont la possession est immémoriale,
Unique privilège au Puy seul accordé,
C'est l'insigne faveur d'avoir un Jubilé,
Quand le jour où Marie, acceptant d'être mère,
Mérita du Sauveur d'être le sanctuaire,
Coïncide en ce jour, disons ce triste jour,
Où Jésus sur la Croix fut martyr de l'amour.
Quand jadis approchait la fête solennelle,
Les peuples accouraient animés d'un saint zèle,
S'empressaient d'honorer la mère du Sauveur,
Dans le temple qui fut toujours cher à son cœur.
Qui pourrait en douter? pour preuve véritable,
De l'histoire les faits sont monument durable.
Nos aïeux avaient vu dans toute la cité,
Transporter avec pompe, éclat et majesté,
Ce précieux présent, cette statue antique (4),
Que donna saint Louis à l'Eglise angélique,
Monument conservé jusqu'à ces jours affreux,
Où l'impie, éclatant en transports furieux,
De l'autel arracha cette rare statue,
Pour la faire brûler... Le peuple, à cette vue,

Maudit en murmurant cette scène d'horreur,
Qui profanait ainsi la mère du Sauveur.
La malédiction tomba sur ces coupables :
Hélas! on les a vus mourir tous misérables,
De la société la honte et le rebut.
Tel fut de leurs méfaits le malheureux tribut.

    Mais l'impie a passé ; le culte de Marie
N'en est pas moins pompeux dans sa ville chérie :
On a vu son image au dernier Jubilé,
Par les chants d'un triomphe auguste et signalé,
Apparaître toujours avec splendeur et gloire :
Marie était le cri d'amour et de victoire.
Plus récemment encor quel transport général !
O Marie, agréez cet honneur triomphal.
Heureuse la cité qui vous a pour patronne,
Qui vous aime toujours, pour reine vous couronne
                                 [(5),

Au milieu de l'éclat de la solennité,
Vous avez apparu dans votre majesté ;
D'une sainte allégresse entendez le cantique ;
Un trône vous attend sur la place publique ;
Vous méritiez le don qu'un digne magistrat (6)
Vint déposer aux pieds de l'auguste prélat,
En expiation du plus barbare outrage
Que d'hommes insensés firent à votre image.

Leur malheureuse fin a vengé votre honneur ;
L'impiété toujours attire le malheur (7).

Sur votre front reluit la couronne de gloire ;
Beau jour pour nous, Marie, et digne de mémoire ;
Notre reconnaissance à la Vierge d'Anis,
Dit tout haut que ce don vous est vraiment acquis ;
Régnez sur nous, Marie, et sur toute la terre
Etendez votre empire aimable et salutaire ;
Que tous vos ennemis, à votre aspect, vaincus
Soient dans un même amour à jamais confondus.
Salut, ô notre Reine ; oui, votre bienfaisance
Mérite à tous égards notre reconnaissance.
L'histoire nous apprend, en faits miraculeux,
Ce que vous avez fait pour nous de merveilleux.
Non, je ne puis ici prétendre tout décrire ;
Des volumes entiers ne sauraient y suffire.
Eh ! comment raconter tant de faits éclatants,
Toujours de vos faveurs témoignages constants,
Que vous nous accordez dans votre sanctuaire.,
Qu'a si longtemps couvert votre ombre tutélaire ?
Tout malheureux qui vint vous prier en ce lieu,
Ressentit la bonté de la mère de Dieu ;
Tant qu'on vous vénéra sur ce saint Tabernacle,
Votre amour produisit toujours quelque miracle ;
Mais dans l'obscurité beaucoup se sont perdus,

Et le malheur des temps nous les rend inconnus ;
La piété souvent elle-même est timide,
Mais la reconnaissance au fond du cœur réside.

D'anciens procès-verbaux, et d'autres documents
Ont attesté des faits certains, même évidents,
Quand, d'une torche impie ou d'une main cruelle,
Ce dépôt précieux, authentique et fidèle,
Fut brûlé, lacéré dans ces temps de fureur
Où partout sévissait l'esprit dévastateur.
L'impiété sans frein exerçait son ravage,
Démolissait, brisait, livrait tout au pillage.
Objets saints et sacrés..., reliquaires, tableaux...,
Tout était profané, mis en hideux lambeaux :
Dons précieux offerts en l'honneur de Marie,
Par tous les pèlerins, exaltée et bénie.
Le sacrilège osait tout, tout sacrifier,
A sa brutale rage. à son fer meurtrier.
A peine voyons-nous aujourd'hui quelques restes,
Echappés aux fureurs de ces jours si funestes :
Débris dont on a fait un trésor précieux ;
Musée antique et rare, et tout religieux...

Mais l'histoire a transmis, et nous a fait con-
[naître
Bien des faits dont l'éclat peut au jour apparaître.
Nous en signalerons quelques-uns seulement

Dans la ville du Puy, produits visiblement.

Une peste cruelle et d'un triste présage
Avait déjà sévi sur tout sexe et tout âge ;
La cité n'offrait plus qu'un immense tombeau :
Dix mille étaient déjà victimes du fléau.
Alors on invoqua la Vierge bienheureuse ;
Son image était là... toujours miraculeuse ;
Du temple on la sortit, parcourant la cité ;
Tout le peuple assistait à la solennité ;
Le fléau disparut, et cette insigne grâce
Laissa dans tous les cœurs une immortelle trace :
Sur un tableau fut peinte une telle faveur,
Témoignage authentique, expression du cœur,
De Marie attestant la prière puissante,
Et de tous nos aïeux la piété touchante :
Admirable *ex voto* que l'on voit aujourd'hui (8),
Appendu sur les murs dans l'Eglise du Puy.

Mais un autre bienfait plus précieux encore,
Dont l'histoire fait foi, dont la cité s'honore :
L'infernale hérésie avec tous ses assauts
Au Puy ne put jamais introduire ses maux ;
Cette cité possède un divin privilège ;
Du haut du ciel, Marie y veille, et la protège ;
Contre elle l'hérésie en vain voulut s'armer,
Un bras puissant et fort vint to   l'opprimer,

En l'obligeant à fuir honteuse et confondue ;
Non, la ville du Puy ne fut jamais vaincue.
Jamais l'infortuné, d'un accent douloureux,
N'implora vainement son secours généreux...
Dirigez-nous, Marie, aimable et tendre Mère ;
De vos pauvres enfants, exaucez la prière...

Dans le seizième siècle, un apostat, Blacons,
Pillait et saccageait du Puy les environs,
Assiégeait les faubourgs par sa troupe nombreuse ;
Mais la ville opposait défense vigoureuse.
Tout-à-coup l'ennemi fut saisi de frayeur,
Prit la fuite en laissant des traces de fureur.
De ce jour fortuné, Marie en eût la gloire,
Et ce jour, le dix août, fut un jour de mémoire,
Honoré tous les ans d'une procession,
Pour la remercier de sa protection.

Il arriva plus tard encore une entreprise.
François de Châtillon tentait une surprise ;
Tout aidait ses agents, profonde obscurité,
Rigueur de la saison, secret, sécurité ;
Il croyait triompher. Oh ! mais du ciel Marie,
Attentive veillait sur sa ville chérie ;
La panique terreur vint soudain les saisir ;
C'était à qui pourrait décamper et s'enfuir ;
Marie avait paru sur le dôme angélique,

1*

Foudroyant d'un regard cette horde hérétique ;
Stupéfaits, atterrés par son divin regard,
Tous fuyaient en laissant l'ingénieux pétard,
Qu'on a trouvé caché vers le fond de l'Eglise.
Voilà comme l'impie en vains efforts se brise.
Marie, évidemment, protégea ses enfants ;
Ainsi furent sauvés du Puy les habitans.
Marie, après avoir signalé sa puissance,
Mérita le tribut de la reconnaissance :
Pendant quarante jours, une procession
De Marie attesta la médiation.
Non, jamais on ne vit pénétrer l'hérésie
Au sein de nos aïeux dévoués à Marie.
   Notre-Dame du Puy préserva d'autres maux,
Et notre histoire vient en offrir les tableaux.
Plusieurs villes étaient atteintes de la peste,
Succombaient sous le poids de ce fléau funeste ;
On eut recours alors à la vierge du Puy ;
Le fléau disparut, et la crainte avec lui.
On vit en divers lieux des villes remarquables,
De Marie éprouver des grâces ineffables.
Limoges, et Bordeaux, et Toulouse, et Lyon, (9)
Se voyant décimés par la contagion,
S e vouèrent à Dieu, demandant à sa Mère
De s'unir à leurs vœux, d'exaucer leur prière,

D'intercéder pour eux dans leur calamité,
Et Marie aussitôt montra sa charité.
Du mal on vit soudain cesser la violence ;
Marie en ce grand jour signala sa puissance.
On vint se prosterner aux pieds de ses autels,
Offrir en son honneur des présents solennels,
Les pieux Limousins, par zèle envers Marie,
Etablirent alors pieuse confrérie,
Afin de rappeler le bienfait signalé,
Que la Vierge du Puy leur avait accordé.
　　On eut encore à craindre en cet hiver terrible,
Où s'annonçait partout une disette horrible.
L'intensité du froid, l'épaisseur des glaçons
Semblaient avoir détruit le blé dans les sillons ;
Il fallut confier d'autres grains à la terre :
Tout menaçait, hélas ! d'une affreuse misère,
Et faisait présager un lugubre avenir ;
On conjura le ciel qu'il daignât secourir ;
Marie était pour nous toujours affectueuse,
Et l'on n'eût pas en elle espérance trompeuse :
Car bientôt les esprits furent tous rassurés,
En voyant les présents du ciel inespérés.
Le Pontife ordonna qu'en pompe magnifique,
De Marie on sortit la sainte Image antique ;
Lui-même présidait à la solennité ;

A sa suite marchaient la foi, la piété ;
De la saison malgré la fatale inclémence,
Et de l'été suivant la brûlante influence,
L'espoir de recueillir dans les cœurs renaquit,
Et la terre en son temps aux besoins satisfit.

Mais quelque temps après, en ces jours où la peste
Produisait dans Marseille un ravage funeste,
Le fléau s'étendant, fit trembler le Midi,
Et vint même sévir jusqu'aux portes du Puy.
Longtemps il essaya, dans sa fureur perfide,
D'y porter, mais en vain, sa vapeur homicide ;
Sans cesse repoussé par un bras surhumain,
Il fut vomir ailleurs son funeste venin,
En immolant partout toujours avec furie,
Respectant néanmoins la cité de Marie.
Bienfait miraculeux ! le peuple le connut ;
Marie en eut l'honneur, la gloire, le tribut :
De la Vierge on porta dans la ville l'image,
La priant d'accueillir ce solennel hommage...

Nous dirons maintenant, qu'en ces jours désas-
[treux,
Nos plus proches voisins étaient bien malheureux
[(10).

La peste sévissait ; son haleine cruelle,
Dans tout le *Gévaudan* soufflait, était mortelle.

Aux portes de Langogne, et près de l'envahir,
Le peuple se voyant sur le point de périr,
Eut son recours alors, en ce moment suprême,
A celle que jamais n'invoque en vain qui l'aime :
Notre-Dame-du-Puy fut son unique espoir;
Et la suite montra sa bonté, son pouvoir ;
On fit soudain le vœu d'un saint pèlerinage ;
Le fléau disparut, ne fit aucun ravage ;
Pleins de reconnaissance, et par des chants joyeux,
On rendit à Marie un tribut glorieux ;
En foule on accourut à l'Eglise angélique,
Laissant de ce bienfait une preuve authentique :
La preuve est ce tableau que l'on voit de nos jours (11)
Attestant qu'en Marie on eut un sûr recours.

Bien d'autres *ex voto* retracent la mémoire
Des faits qui de Marie ont attesté la gloire,
Sauvé du vandalisme, et prouvant aujourd'hui
L'honneur que mérita Notre-Dame-du-Puy.
Que d'autres faits nombreux je passe sous silence,
Où la Mère de Dieu, toujours par sa puissance,
Dans son temple accordait ses insignes faveurs
Aux humains éprouvés par de communs malheurs!

Elle apaisa les vents, dissipa les orages,
Qui préparaient aux champs de funestes ravages;
Fit descendre la pluie arrosant les sillons,

Et la terre donna de riantes moissons.

On la vit conjurer la flamme incendiaire ;

Des flots elle sauva l'enfant du scapulaire ;

A sa voix la mort-même a suspendu ses coups ,

Et la guerre a mis fin à son sanglant courroux.

Toujours des affligés c'est la consolatrice ;

Des malheureux encore elle est la bienfaitrice ;

L'infirme a reçu d'elle une entière santé ;

Guéri d'une pénible et vieille infirmité ;

Des mains du captif même on vit tomber les chaînes ;

Des ennemis cruels elle adoucit les haines ;

Le voyageur sauvé d'un péril imminent

Vint souvent l'honorer d'un cœur reconnaissant ;

Bien longtemps égaré dans les sentiers du vice,

On a vu très-souvent des bords du précipice,

Le pécheur appeler Marie à son secours ;

Et Marie à sa voix le secourait toujours.

Tel autre qui croyait tout perdu sans ressource,

A vu naître en son cœur de son espoir la source ;

Non jamais à Marie on n'a recours en vain ;

Ce qu'on n'espère pas avec elle est certain.

Un fils au désespoir attentait à sa vie,

Et de ses mains le fer tombait devant Marie.

Eh ! qui pourrait compter les miracles nombreux,

Opérés par Marie, éclatants, merveilleux,

Accordés aux mortels par l'effet de la grâce,
Dons précieux pour l'homme , et que rien ne sur-
[passe?
Par la grâce un pécheur devient un pénitent,
Et par Marie encor toujours persévérant.
Ces faits sont consignés, détaillés dans l'histoire,
Et si bien recueillis que tout y porte à croire.
Qui pourrais en douter? Non, l'incrédulité
Ne peut en contester la saine vérité.
    Notre-Dame-du-Puy, sans cesse révérée
En tout temps en tout lieu la même s'est montrée,
Puissante, favorable à qui la suppliait,
Bonne mère, attentive aux vœux qu'elle exauçait;
Toujours sur son autel, en sa sainte demeure,
Elle accueille nos vœux, nous écoute à toute heure,
Aujourd'hui comme hier prodiguant son amour;
Mont-Anis de tout temps fut par choix son séjour;
On y vit éclater sa bonté, sa puissance;
Du vrai chrétien toujours elle fut l'espérance;
L'histoire a recueilli ses titres glorieux,
Qui d'âge en âge iront à nos derniers neveux.
De nos pères au moins désormais soyons dignes,
Et n'oublions jamais tant de faveurs insignes;
Leur exemple si noble, augmentant nos vertus,
Attirera sur nous des biens inattendus;

Sur leurs traces marchons toujours avec courage ;
Marie accueillera notre naïf hommage ;
En elle ayons aussi la foi, la piété.
Notre amour agissant avec sincérité,
Nous obtiendra le don de la persévérance,
Et de tous nos efforts l'heureuse récompense.
    Déjà brille sur nous ce jour trois fois heureux,
Où nous serons jugés dignes de nos aïeux.
On vit fonder par eux un beau temple à Marie,
Et par nous on verra sa statue inouïe.
Marie apparaîtra sur ce beau monument,
Comme un astre nouveau brillant au firmament,
Rayonnante en splendeur du lointain aperçue
Sur le sommet d'un roc qui se perd dans la nue,
D'où l'homme en contemplant de ce point la hauteur,
Est saisi tout d'abord d'un instant de frayeur.
Il voit à l'horizon ces riants paysages,
De monts et de coteaux s'élevant par étages.
Ce roc a de sa base à sa sublimité,
Quatre cents pieds de haut dominant la cité.
Plus élevé, dit-on, et même plus solide
Que n'est des Pharaons la haute pyramide,
Paraissant assis là pour un beau monument,
Réservé pour Marie en son heureux moment.
Béni soit ce projet ! ô l'heureuse pensée,

Par la reconnaissance et l'amour inspirée!
Honneur à ma patrie! honneur à mon pays!
Par Marie et Jésus nous serons tous bénis.
 Notre mère immortelle est l'auguste Marie.
Honorons-la toujours, ô ma chère patrie!
Ce louable projet vient enfin s'accomplir,
Et promet à la France un heureux avenir.
Au bas de ce rocher s'élève notre église,
Que depuis si longtemps sa gloire préconise.
A ses pieds sur un roc du temps diluvien
On voit de St-Michel le temple aérien;
Théâtre pittoresque en tout si remarquable,
Que peut-être jamais on n'a vu son semblable.
On aime à contempler de ce point curieux,
Les vallons, les rochers, les monts majestueux;
La Borne serpentant le long de la vallée,
Au fond de ce tableau suit une pente aisée;
On aperçoit partout vignes, enclos, jardins,
Et de blanches maisons s'élevant par gradins.
Ce site variant dans sa longue étendue,
Offre un *panorama* séduisant à la vue;
Tout étonne et surprend dans ce riant vallon;
Tout y charme et ravit dans ce vaste horizon.
On voit les promeneurs autour de Rodderie,
Aller et revenir le long de la prairie;

Dans le lointain surgit la tour de Polignac,
A l'opposé, l'on voit les monts de Chaspinhac.
Dans leurs ravins profonds le fleuve de la Loire
Fait du cultivateur la richesse et la gloire,
Arrose ses guérets, féconde ses travaux,
Offre un gras pâturage à ses nombreux troupeaux ;
Dans tout son long parcours le goût de l'industrie
Anime les métiers, réveille le génie,
De tous les commerçants attire les regards,
Et sur ces heureux bords fleurissent les beaux-arts...
   Mais on admire encore, assis sur la montagne,
Le blanc château de Mons, dominant la campagne.
Heureuse illusion ! la tour de ce château
Paraît comme un fanal au-dessus du hameau ;
Son grand parc ombragé couvert par les broussailles,
Imite un labyrinthe entouré de murailles.
Autour de la cité sont deux riches vallons
De Vals et d'Espaly, par leur terrain féconds.
Espaly, ce cher nom rappelle à ma mémoire (12)
Son antique splendeur tracée en notre histoire ;
Ce château fort jadis était le boulevard,
Où flottait de nos rois l'éclatant étendard.
Hélas ! il fut en proie aux guerres intestines,
Et n'est plus aujourd'hui qu'un monceau de ruines.
On voit encor les murs, les tours de ce château,

Démolis, renversés, gisant sur le plateau.
Le prudent Charles VII, par son droit de naissance,
Y fut proclamé roi pour gouverner la France.
Aimé de ses sujets monarque généreux,
Fit refleurir les lys, son règne fut heureux,
Guidé par Jeanne d'Arc aux rives de la Loire,
Triompha des Anglais et se couvrit de gloire...
   Mais je m'oublie et viens à mon noble sujet;
Marie est de ces vers le seul et digne objet.
O Marie, agréez ce bien sincère hommage;
Du vrai bonheur pour nous soyez l'heureux présage.
   Ce projet que conçut la vive piété,
Soudain fut accueilli par toute la cité.
Tout vrai chrétien reçut cette heureuse nouvelle,..
Par des transports de joie animés d'un saint zèle,..
   On s'occupa d'abord de l'exécution,
En ouvrant tout de suite une souscription,
Les amateurs des arts honorant leur patrie,
S'empressent de souscrire en l'honneur de Marie,
Et tout chétien aussi veut avoir le bonheur
D'offrir avec amour son obole et son cœur.
Non, ce n'est pas en vain qu'on honore Marie,
Surtout en pratiquant ses vertus dans la vie.
   Restait à proposer un modèle au concours,
Au génie, aux talents à donner libre cours.

Chacun des concurrents présenta son modèle.
Le type le plus beau, comme le plus fidèle,
Fut choisi parmi tous, proclamé le vainqueur :
L'artiste *Bonnassieux* obtint le prix d'honneur.
Chef-d'œuvre d'art chrétien, honorant la mémoire
De celle dont Dieu fit son chef-d'œuvre de gloire...
On construisit d'abord au sommet du rocher,
L'élégant piédestal qui doit la supporter ;
Et la première pierre est posée au jour-même,
Où solennellement le pontife suprême
Proclamait que Marie eut l'ineffable don
D'être pure et sans tache en sa conception,
De n'avoir jamais eu d'aucun péché l'empreinte,
D'avoir été toujours immaculée et sainte.
On bénit cette pierre avec solennité,
Le jour même qu'à Rome on vit sa Sainteté,
Consacrer à saint Paul en pompe magnifique,
Une église portant le nom de basilique :
Précieux souvenir de ce noble projet.
Mais pour qu'il eût encore un plus louable objet,
On voulut inviter la France tout entière,
Et de ce monument la rendre tributaire ;
Et la France applaudit à ce pieux devoir :
Marie avait été de tout temps son espoir.
Elle se souvenait des bienfaits de Marie,

Qui protégea toujours notre chère patrie.
Notre empereur, ému par cet élan du cœur, (13) :
Se montra le premier généreux bienfaiteur.
L'impératrice aussi, que la France aime, admire,
Pour ce beau monument s'empressa de souscrire.
    Leur exemple est suivi des généreux Français,
Qui se montrent jaloux de fournir à ses frais.
O Marie, agréez notre reconnaissance :
Nous vous appellerons *Notre-Dame-de-France.*
Béni soit le décret qui vint nous proclamer
Ce que nos cœurs toujours aimaient à prononcer,
Oui, pour le vrai chrétien, cette croyance est chère ;
Heureux d'éterniser cet hommage sincère,
En laissant après nous ce pieux souvenir
A nos derniers neveux. Ah —daignez les bénir
Tout vrai chrétien répond à la voix de l'Eglise,
Et c'est ce qu'aujourd'hui notre amour préconise,
Le ciel ayant permis que dans notre cité
Régnât toujours la foi, la vive piété...
O cité trop heureuse, aime toujours Marie,
De tes pères jadis la patronne chérie ;
Tu ne pouvais prétendre à cet insigne honneur,
D'avoir un monument d'une telle splendeur.
Du haut du ciel Marie agréant notre hommage,
A voulu nous donner de son amour un gage :

1**

Preuve de sa tendresse et des soins incessants,
Qu'elle accorde toujours à ses pieux enfants.
Pour nous ce monument sera le témoignage ,
De notre adhésion le solennel hommage,
A la foi de l'Eglise , en son dogme sacré
De la Conception sans tache de péché ;
Marie est le symbole et des vertus l'emblème,
Le modèle parfait de la pureté même...
    Enfin il s'accomplit cet admirable vœu (14)
De ferveur et d'amour pour la gloire de Dieu.
Notre pieux évêque animé d'un saint zèle,
Disait à l'Empereur lui montrant le modèle :
«Sire, je viens soumettre à Votre Majesté,
» Un vœu national ardemment désiré ;
» C'est un vœu de la France en l'honneur de Marie,
» Qui protégea toujours notre chère patrie.
» Ce vœu religieux demande un monument,
» Et la France l'attend avec empressement ;
» Daignez, sire, accueillir cette œuvre grandiose,
» Et nous aider surtout dans cette noble cause.
» Marie a mérité ce solennel honneur,
» De ses bienfaits pour nous c'est l'hommage du cœur
» Mais pour notre statue il faudrait la matière.
» En vous, sire, la France espère tout entière ;
» Vos guerriers ont conquis grand nombre de canons

» D'un illustre trophée honorables fleurons.
» Donnez, sire, donnez à l'auguste Marie
» Ces foudres ennemis l'honneur de la patrie.
» Notre-Dame obtiendra la victoire, la paix,
» Sur ce bronze on lira la gloire des Français.
» De sa protection nous en avons le gage,
» De ces heureux succès rendons-lui notre hommage
» Confiance en Marie encore quelques jours,
» Marie interviendra par son puissant secours. »
   Langage remarquable et vraiment prophétique,
Puisque trois jours après l'assaut fut héroïque ;
Ce jour était celui de la nativité ;
La Turquie en ce jour conquit sa liberté.
Sébastopol tombait avec ses batteries
Sous l'élan vigoureux de nos infanteries.
Des ennemis l'airain en statue aujourd'hui
Brillera désormais sur la ville du Puy,
En portant ce beau nom *Notre-Dame-de-France*,
A Marie on devait cette reconnaissance...
   On érige partout de riches monuments :
Poètes, généraux, hommes d'états, savants ;
Tous de bronze ou de marbre, honorant leur patrie,
Pour rappeler toujours leur image chérie.
La pensée est louable et digne des grands cœurs :
Le talent, le génie ont des droits aux honneurs ;

Et Notre-Dame aussi qui donne la victoire,
Des généreux Français va recevoir sa gloire,
De ce trône élevé sur le rocher d'Anis,
Par Marie et Jésus nous serons tous bénis.
D'un heureux avenir Marie est le présage ;
Sois ma patrie, ô France, heureuse d'âge en âge.
 Marie est au chrétien ce phare lumineux,
Qui l'éclaire ici-bas le guide vers les cieux,
Ecarte les fléaux qui menacent sa tête,
Des passions conjure et calme la tempête :
« O mon fils, nous dit-elle, encore quelques jours,
» Pratiquez la vertu, priez, priez toujours :
« La prière est puissante ; elle arme de courage ;
» Un doux calme bientôt remplacera l'orage ;
» La vertu ne s'acquiert que par un long combat ;
» Il triomphe à la fin le valeureux soldat.
» Redoublez vos efforts, obtenez la couronne ;
» C'est le prix du mérite, et mon fils vous la donne.»
 Daignez sur nous, Marie, étendre tous vos soins.
Ne nous délaissez pas, oh ! voyez nos besoins,
Inspirez-nous l'amour, les vertus, la prière,
Qui de la sainteté sont le vrai caractère.
Veillez sur notre France, et fondez-y la paix ;
Des liens de l'amour unissez les Français,
Bannissez de nos cœurs la froide indifférence ;

De la religion étendez la puissance;
Que la foi nous unisse à votre divin fils;
Qu'à notre mort par lui nous soyons tous bénis.

 Ah! puisse la vertu croître sous vos auspices;
De la France, ô Marie, éloignez tous les vices;
Vos bontés ont toujours mérité notre amour;
Notre hommage aujourd'hui n'est qu'un faible retour
Régnez sur la cité dans votre sanctuaire,
Palladium sacré, puissant et tutélaire;
Protégez notre évêque, il a tant fait pour vous.
Son zèle ardent voudrait vous faire aimer de tous,
Veillez sur son clergé qui fut toujours si digne,
De porter ce beau nom, ce nom le plus insigne,
Tout dévoué de cœur à la vierge du Puy,
Et depuis bien longtemps sa gloire et son appui,
Soyez donc élevée à ce faîte de gloire,
Dont la postérité gardera la mémoire.
Du haut de la cité, sur ce trône nouveau,
Tournez vos doux regards sur votre cher troupeau;
O vierge immaculée, ô reine, notre mère,
Puisse votre bonté nous être salutaire!
Des pauvres enfants d'Eve écoutez les soupirs,
Et les gémissements, leurs cris et leurs désirs.
Daignez nous assister au terme de la vie,
Et lorsque nous irons rentrer dans la patrie,

1***

Soyez notre avocate auprès du bon Jésus,
Et par vous nous serons au nombre des élus.
O bonne et tendre mère, ô ma reine clémente,
O vierge immaculée, en vous est mon attente.

Notre sujet nous ayant donné occasion de parler de la Révolution de 1793, nous avons présenté, sous la forme d'épisode, quelques détails sur les horreurs qui furent commises dans ces malheureux et tristes jours. Au nom de la liberté.

Liberté que d'horreurs on commit et ton nom,
Que de sang répandu entre Anvers et Toulon,
Du séide le fer éguisé par la rage,
Frappait sans distinguer le rang, le sexe et l'âge,

ÉPISODE

SUR

L'HÉROISME DES VICTIMES DE LA RÉVOLUTION DE 1793 AU PUY.

Je dirai maintenant, après ces jours heureux
Où l'on vit éclater la foi de nos aieux,
L'attentat de leurs fils en ces jours des tempêtes,
Que la philosophie appela sur nos têtes.
De la religion étouffant le flambeau,
Pour la France elle fut un terrible fléau.
Jours malheureux hélas ! d'angoisse et d'infortune,
Où l'audace et la haine avaient cause commune.
En secouant le joug des plus sacrés devoirs,
Elle animait, poussait aux crimes les plus noirs :
Jours d'alarme et d'horreur, d'éternelle mémoire,
Qui font pâlir l'éclat de notre antique histoire.
Les Voltaire et consorts en furent les auteurs (15);
Par d'infâmes écrits corrompirent les mœurs ;
Du vrai bonheur du ciel déshéritant la terre,
Au Dieu de l'Univers on déclara la guerre,
Et tous ces mécréants, affreux machiavels,
Voulaient anéantir le trône et les autels ,

Secondés par la tourbe inhumaine, indocile,
Ils croyaient à jamais détruire l'Evangile.
Pour usurper hélas! le souverain pouvoir,
Les droits du Diadème et ceux de l'encensoir,
La cruelle trancha les jours de son monarque,
Et tous ces partisans d'un chef hérésiarque,
Emplirent les prisons, dressèrent l'échafaud,
Et livrèrent la France au tranchant du couteau.
On vit alors l'Etat pencher et se dissoudre,
Comme une fière tour s'écrouler par la foudre.
Le malheureux français, pour sortir du chaos,
Appelait, mais en vain, le calme et le repos.
Sur la France planaient le meurtre et l'épouvante ;
Partout on entendait la foule gémissante,
Maudire en murmurant, l'œil inondé de pleurs,
Dans son foyer muet répandre ses douleurs.
Philosophie impie, orgueilleuse et sauvage,
Voilà ce qu'a produit ton funeste langage.
L'impiété toujours n'enfanta que malheurs,
Ne recueillit jamais que le crime et les pleurs.
Cette secte en tout temps, féconde en artifices,
Fut un tout composé de mensonge et de vices.
Ennemis de la foi, profanes novateurs,
Vous pensiez la ruiner par toutes vos erreurs ;
Mais la religion pour l'homme est invincible ;

Son règne est éternel, sa morale infaillible;
Le ciel veille sur elle, et ne saurait périr;
Toujours contre l'erreur Dieu vient la secourir.
L'homme persiste en vain contre elle à se morfondre;
L'auguste vérité vient toujours le confondre;
Et la philosophie abjurant son erreur,
Tombe aux pieds du vrai Dieu, reconnaît son vain-
[queur.
Voici ce qu'écrivait de la Harpe à Voltaire,
Quoiqu'il se fut montré son ami littéraire;
Mais plus heureux que lui, la Harpe et Marmontel
Abjurèrent l'erreur, embrassèrent l'autel.
« Tu triomphes, Voltaire; une foule éventée
» De ta fausse grandeur, follement entêtée,
» Prodigue à ton squelette un ridicule encens,
» Et tu crois de ta gloire entendre les accens.
» Au poison de l'erreur, ton âme accoutumée,
» Sur les bords du tombeau, s'énivre de fumée,
» Quand un vil histrion, infâme aux yeux des lois,
» De l'auguste patrie ose usurper la voix,
» Qnand sur ton front ridé posant une couronne,
» Il dit impunément : La France te la donne.
» Vain délire en effet, ta vanité le croit;
» Mais non le vrai Français au cœur sincère et droit
» D'une fausse sagesse écartant les chimères,

» Respectant l'Evangile et la foi de nos pères.

» Ces chrétiens, tu le sais, ce sont les gens de bien,

» Et pour eux tes talens, tes fables ne sont rien.

» Né pour en imposer à des lecteurs frivoles,

» A défaut de raisons tu sèmes des paroles.

» De tes affreux bons mots le brillant coloris,

» D'une foule imbécile entraîna les esprits.

» Patriarche orgueilleux d'une cabale impie,

» Empoisonneur public, fléau de ta patrie,

» En attaquant la foi, tu corrompis les cœurs ;

» Tu perdis dans l'Etat les principes, les mœurs ;

» Pour de moindres forfaits la loi mène au supplice ;

» De l'Eternel au moins redoute la justice.

» Où cours-tu, malheureux ? le songe va finir ;

» Sous tes pas chancelants le tombeau va s'ouvrir.

» Ah ! gémis, tremble, espère, il en est temps encore ;

» Tombe aux pieds du vrai Dieu que ta patrie adore ;

» Ce Dieu, que ton orgueil affecte d'outrager,

» Si tu n'éteins sa foudre, est prêt à se venger.

» Ta criminelle plume, au blasphème aguerrie,

» Perdit à l'insulter les beaux jours de sa vie,

» A désarmer son bras, consacre les derniers,

» Où les feux de l'enfer vont brûler tes lauriers ;

» Tes consorts, comme toi, raisonneurs pitoyables,

» Prétendent que le ciel et l'enfer sont des fables ;

» Mais la religion brave leurs attentats ;
» Car pour la blasphémer on ne la détruit pas.
» Veux-tu jusqu'à la mort te montrer indocile ?
» Tu penses, mais en vain, confondre l'Evangile.
» Attendras-tu pour croire à l'éternel malheur,
» Que l'implacable main du suprême vengeur,
» Après avoir frappé sa coupable victime
» Ait refermé sur toi les portes de l'abîme ;
» Et que par le remords l'auguste vérité,
» Te déchire le cœur pendant l'éternité ?.. »
   Oh ! qui peindra les maux dont cette secte impie,
En tous lieux inonda notre chère patrie ?
L'Europe vit alors, en ces jours de douleurs,
La France gémissante, en deuil et dans les pleurs.
Dans notre diocèse, en ces jours de délire,
Dont le tableau sanglant est honteux à décrire,
Le clergé signala sa foi, son dévouement,
Par son refus formel au décret du serment (16).
On voulait le forcer à professer le schisme,
Mais on vit éclater son sublime héroïsme.
Au sein de l'assemblée il ravit Mirabeau,
Qui ne put contenir ce langage si beau ;
En voyant son refus ferme et plein de noblesse,
En face des tourments qui menaçaient sans cesse :
Nous avons son argent, mais il gaṛ de l'honneur. (17)

Il fut donc noble et grand même dans le malheur,
Ce clergé, qui faisait la gloire de la France,
En ne voulant jamais trahir sa conscience.
Les tortures, la mort, tout était impuissant
Pour forcer le bon prêtre à prêter le serment;
Il abhorra toujours le crime du parjure,
Et préférait la mort que le martyr endure;
Il renonçait à tout et s'immolait encor :
Le ciel était pour lui son espoir, son trésor.
Telle était sa devise. Enfant de l'Evangile,
Sans le bonheur du ciel la fortune était vile;
Sourd à tous les propos de l'incrédulité,
Il abandonnait tout à son avidité.
On lui ravit ses biens contre toute justice;
Pour les vendre ou jouir l'on hatait son supplice.
    On l'écrouait meurtri dans d'humides cachots,
Mais il prêchait sa foi, montant aux échafauds.
On vomissait alors contre lui le blasphème;
Lui-même à l'hérésie adressait l'anathème;
Maudit, on le vouait aux démons, aux enfers,
Et lui priait pour ceux qui lui rivaient ses fers.
Heureux, s'écriait-il, le digne, le saint prêtre
Qui marche sur les pas de Jésus-Christ son maître.
L'espoir d'un avenir dans son Dieu, dans sa foi,
De la tombe par lui dissipe tout l'effroi;

Il contemple déjà la couronne éclatante,
Que l'ange du Seigneur réserve à son attente.
En offrant à son Dieu les maux qu'il a soufferts.
Il entrevoit déjà pour lui les cieux ouverts;
Il affronte la mort avec indifférence,
Convaincu que le ciel sera sa récompense.
Le ciel est son espoir, le ciel est le séjour
Où contemple un martyr le Dieu de son amour.
    La constitution par son nouveau régime
Fit bientôt remplacer l'évêque légitime.
Monseigneur de Gallard, ce digne et saint prélat,
Se montra courageux dans son apostolat;
Il brava la terreur au milieu de l'orage :
Ses écrits immortels en sont le témoignage,
Rappelant ses enfants au devoir, à l'honneur.
Dans ses lettres toujours il épanchait son cœur,
Employa son crédit et sa mâle éloquence
Pour rétablir la paix dans le cœur de la France.
Mais contre le clergé commença l'attentat :
D'égorger, de piller, tel était le mandat...
Saisir et déporter tous les prêtres fidèles,
Ou les faire périr comme à la loi rebelles :
Horrible, injuste loi dont la création
Entraîna par décret leur condamnation.
La terreur apparut enfantant tous les crimes,

Et marqua de son sceau ses illustres victimes.
L'innocence au front pur signalée aux pervers,
Au lever du soleil se voyait dans les fers.
La cohorte en propos, menaçante et farouche,
Sévissait sans pitié le blasphème à la bouche...
    Son premier attentat fut de juger son roi ;
Il meurt sur l'échafaud, la France est dans l'effroi...
Rien ne put arrêter la rage satanique,
Qui poussait aux forfaits cette tourbe cynique ;
Tout dégoûtant de sang, son glaive criminel
Assouvit sa fureur sur le trône et l'autel ;
Elle exerçait partout un affreux brigandage,
Des enfants de Sion dévorait l'héritage ;
Dans le saint temple on vit de sacrilèges mains,
Souiller et profaner les images des saints.
Enivrés nuit et jour d'un esprit de vertige,
A peine nous laissant de nos mœurs un vestige :
Tel est moins furieux l'horrible Lucifer,
Torturant les damnés dans le fond de l'enfèr.
    Les uns, pour se soustraire à tant de tyrannie,
Cherchaient leur sûreté dans une autre patrie.
Les autres effrayés et fuyant les humains,
S'enterraient tout vivants sous d'humides terrains.
Les corps religieux, chassés des monastères,
Demandaient un asile aux terres étrangères ;

D'autres dans les hameaux, réduits à vivre errants,
Se voyaient sans ressource et loin de leurs parents.
Tous leurs biens séquestrés étaient mis à l'enchère
[(18):
Leur part était l'exil, la mort et la misère;
Dans l'Eglise et l'Etat on ne vit que fureurs;
Le présent, l'avenir présageaient des malheurs :
La hache et le marteau, instruments du sauvage,
Ne laissaient que débris monument de leur rage.
Dans la ville, les bourgs, le feu consumait tout,
Manuscrits, imprimés, reliquaires surtout.
Que d'objets précieux, ô perte irréparable,
Ravit le vandalisme à jamais exécrable!
En s'abreuvant de sang il faisait des martyrs;
Le sabre et l'échafaud secondaient ses désirs.
On vit couler à flots le sang des catholiques,
Par l'instrument dressé sur les places publiques.
Et le premier martyr de sa foi confesseur,
L'abbé Vassel au Puy mérita cet honneur;
Pour Dieu brûlant d'amour il dévoua sa vie,
Et mourut innocent au sein de sa patrie.
Un spectacle nouveau soudain frappe mes yeux.
O prodige! il ravit et la terre et les cieux;
Bientôt d'autres martyrs, courageux athlètes,
Gravissent l'échafaud, et présentent leurs têtes;

Pour leur foi pleins d'ardeur affrontent le trépas,
Et pardonnent aux auteurs de ces noirs attentats.
Ils allaient en priant vers le lieu du supplice,
Et de leur vie à Dieu offraient le sacrifice,
Baisant le crucifix les yeux levés au ciel ;
Leurs âmes s'envolaient au sein de l'Eternel ;
Nous mourons, disaient-ils, innocentes victimes ;
Ah ! puisse notre sang effacer tous vos crimes !...
    Depuis qu'on avait vu les Empereurs romains,
Par un édit public immoler les chrétiens,
Jamais on n'avait vu semblable barbarie.
Le sang coulait au Puy comme à la boucherie.
Nos annales hélas ! diront à l'Univers,
Qu'en France il fut jadis des hommes bien pervers.
Ces barbares forgeaient des fers à l'innocence,
Pour saisir, usurper la suprême puissance,
Sans cesse on inventait des projets désastreux,
Qui suscitaient partout des orages affreux.
L'impie alors soufflait la discorde, le schisme,
Pour séduire il usait d'un impudent cynisme.
Le vice encouragé se répandait à flots ;
La France alors n'était qu'un horrible chaos.
Partout on exerçait l'affreuse tyrannie,
Contre l'homme de bien ami de sa patrie.
On proscrivit l'honneur, la saine intégrité,

Liens doux et sacrés de la Société.
Les pervers relevaient la tête menaçante,
L'autorité des lois se montrait impuissante.
L'innocence aux cachots au travers d'un guichet,
Sans forme de procès recevait son arrêt.
Les horreurs du massacre alors couvraient la France
L'outrage accompagnaient souvent la violence.
Le glaive, le poignard, ou l'arme à feu souvent,
Frappaient et immolaient le juste et l'innocent,
Ces perfides judas mettaient tout en usage :
Les fers, la trahison, tout servait à leur rage.
Partout retentissait le cris des innocents,
Ecroués aux prisons par ces brutaux agents.
Politiques rusés toujours pleins d'artifices,
En inspirant la crainte ils flattaient tous les vices.
Les lois, la probité, pour tout dire en deux mots,
Pour eux la foi n'était que la vertu des sots.
Eh! que dira l'histoire à ce triste langage!
La France, dira-t-elle, était encor sauvage.
Ces ennemis jurés de la religion
Ne vomissaient toujours que l'imprécation ;
De l'athée embrassant tous les faux axiômes,
Pour eux le ciel et Dieu n'étaient que des fantômes.
Et l'anarchie alors en vrai spectre inhumain,
Vomissait tout son fiel une torche à la main ;

2

Toujours à son profit son infâme égoïsme,
Listiguait ses agents à la revolte, au schisme.
Partout des opprimés, partout des oppresseurs ;
On vit du bien d'autrui d'injustes ravisseurs.
Leurs principes, leurs mœurs dépravèrent la France
Et de leur noir poison souillèrent l'innocence.
De l'autel on bannit le vrai Dieu d'Israël,
Et la raison reçut un culte solennel.
De la France on osa, mais je n'ose le-dire,
Disputer au Très-Haut le souverain empire.
Dans leur délire affreux, leur folle ambition
Allait jusqu'à vouloir anéantir son nom.
On vit qui le croira l'orgie en son ivresse,
Comme chez les païens se faire une déesse.
Sur un char triomphant une vile beauté,
Prostituait l'encens de la divinité.
La France alors s'émut, rougit, voua sa haine
Contre les ennemis de l'Eglise romaine.
Réveillant sa valeur et secouant ses fers,
Fit raison des tyrans, étonna l'univers.
Et Dieu du haut du ciel, de cette tourbe impie,
Renversa les projets et leur misanthropie.
Le désespoir alors égarant la raison,
On vit un Condorcet s'abreuver de poison,
Et bien d'autres encor renoncer à la vie,

Par un noir suicide indigner leur patrie.
Buzot et Petion, rongés par le remord,
Terminèrent leurs jours en se donnant la mort.
L'insigne affreux Marat, par suite d'une trame,
Périt honteusement de la main d'une femme.
Mirabeau, ce génie adroit et dissolu,
Finit aussi privé d'estime et de vertu.
Grande et triste leçon, exemple épouvantable,
De l'impie toujours la fin est misérable.
Robespierre, à son tour, monta sur l'échafaud,
Et le calme à la France enfin sourit bientôt.
Ce farouche tyran, vrai bourreau, vrai sicaire,
Imita les forfaits des Néron, des Tibère.
Comme eux il s'abreuva des horreurs du trépas;
Comme eux il n'est connu que par ses attentats...
Qui pourrait de ces jours retracer tous les crimes
[(19)?
Eh? qui saura jamais le nombre des victimes?
Encouragés toujours par d'ignobles succès,
Ils se livraient sans cesse aux plus criants excès.
Souillés, ivres de sang, s'en repaissant encore,
sans jamais étancher la soif qui les dévore.
Que d'affreux attentats!... Eh! qui croira jamais,
Qu'ils ont été jadis commis par des Français.
On ne voyait partout que l'image du crime;

Partout on immolait victime sur victime...

  On assure avoir vu l'exécuteur Fareau,

Rongé par le remords, lassé d'être bourreau;

Obligeant en secret, et se rendant propice

A tous les malheureux qu'attendait le supplice.

Il déplorait leur sort, compatissait tout bas,

En voyant leur ferveur à l'heure du trépas.

Quoique bien convaincu de leur pure innocence,

Il ne pouvait hélas! que gémir en silence...

De ces barbares lois les injustes rigueurs,

Opprimaient l'innocence et glaçaient tous les cœurs.

Le crime débordait, et partout l'injustice

Flétrissait la vertu, glorifiait le vice....

  « Pourquoi s'écriait-on, armer des scélérats,

» Contre des innocents? Pourquoi ces attentats?

» Aimer et servir Dieu ne saurait être un crime;

» Notre amour envers lui est juste et légitime.

» On voudrait, mais en vain, effacer en tout lieu,

» Le culte de la croix et le nom du vrai Dieu.

» Limiter sa puissance et flétrir sa couronne;

» Lui dérober son sceptre et renverser son trône;

» Comme à Satan jadis un téméraire orgueil

» Leur fascine les yeux et leur couvre l'écueil.

» Mais le sang innocent criait alors vengeance.

» L'on n'entendait hélas! que ce cri dans la France

» *Sois à jamais maudit, règne de la terreur ;*
» *Ton glaive, tes arrêts... ton drapeau font*
[*horreur...* »

En traçant le tableau de ces maux inouïs,
Je suis saisi d'effroi, d'horreur, et je frémis ;
Aux ordres rigoureux de ces nouveaux sicaires,
Partout on vit tomber les têtes les plus chères ;
L'homme paisible était accusé de complots ;
L'innocent gémissait dans d'horribles cachots ;
Le prêtre et le prélat, par ces âmes vénales,
Se voyaient condamnés dans de sourdes cabales ;
Tous les honnêtes gens de France étaient proscrits ;
Et par le *sans-culotte* indignement flétris ;
Les ornements du culte étaient livrés aux flammes ;
Tout devenait suspect aux délateurs infâmes ;
Les asiles sacrés des arts et des vertus
Devinrent le séjour des innocents reclus ;
Et la timide vierge à son cloître arrachée,
Se voyait en public indignement traitée.
Bref on ne compta plus, comme l'ancien des jours ;
L'année avait alors d'autres mois dans son cours,
La liberté donnait de nouveaux droits à l'homme,
Et de chacun faisait un souverain en somme ;
L'égalité se fit un peuple tout nouveau ;
Prétendit tout soumettre à la loi du niveau ;

Elle inventa, créa d'autres fêtes publiques,
D'autres processions, des baptêmes civiques ;
Formula par décret la fédération,
Qui bientôt enfanta la constitution.
De nombreux citoyens appelés *sans-culottes*
S'affublaient du beau nom de zélés patriotes ;
Se vantaient des bienfaits de la fraternité,
Et leurs actes toujours n'étaient que cruauté,
Envers les gens de bien détenus aux géoles,
Sous des prétextes faux ou des raisons frivoles.
Eh! que ne vit-on pas jusque dans les hameaux,
Poursuivant l'innocence et pillant les châteaux ;
Sans cesse se livrant au meurtre, aux incendies,
Aux laches trahisons, aux noires perfidies...
Dans les clubs en poussant les jeunes plébéïens
Ils en firent bientôt de mauvais citoyens.
  Mais la loi des suspects fut la plus tyrannique (20)
Qu'on vit sanctionner de par la république.
Tout homme vertueux, dans chaque comité,
Etait vendu, trahi, sans pudeur diffamé ;
Et malgré tous ses soins, malgré sa vigilance,
On venait l'écrouer par haine où par vengeance.
Cette loi décidait à leur gré de son sort ;
De la prison souvent il allait à la mort ;
On enlevait ses biens, sa liberté, sa vie ;

C'est ce qu'on appelait *amour de la patrie.*
L'humanité frémit; partout coulaient les pleurs;
Chaque jour ajoutait à de nouveaux malheurs...
Partout la soif de l'or, l'audace et la licence,
Enflammaient les esprits d'une horrible impudence:
L'oubli même envers Dieu, des plus sacrés devoirs,
Pénétra jusqu'au fond des champêtres manoirs;
Dans ces néfastes jours, la gloire du martyre,
Auquel, quand il le faut, le digne prêtre aspire,
Echut pour héritage aux zélés confesseurs,
Qui furent par leur foi de leurs tyrans vainqueurs,
Intrépides héros, ils allaient au supplice,
En offrant de leur vie à Dieu le sacrifice,
Et chantaient ce beau *psaume,* où David, pénitent,
Exprimait les regrets de son cœur repentant;
Leur ferveur redoublait, lorsqu'invoquant Marie,
Par le *salve,* si doux au départ de la vie,
En elle établissant du salut leur espoir,
Elle allégeait la mort qu'ils allaient recevoir;
Et vers le Dieu qui siège au trône de lumière,
L'amour faisait monter l'*hymne* de la prière.

D'autres prêtres, suivant ces martyrs généreux,
Souffrirent pour *Jésus,* s'immolèrent comme eux.
Alors le sang au Puy coulait en abondance;
Du saint prêtre c'était la belle récompense;

Ils allaient à la mort comme de doux agneaux ;
Ces martyrs dont le sang en formait de nouveaux (21).
Donner l'asile au prêtre était énorme crime ;
Découvert on était la première victime ;
Tous ceux qui le cachaient devaient subir la mort,
C'était l'arrêt du juge en son dernier ressort.

    Ah ! respectons ici le voile impénétrable,
Qui dérobe à nos yeux ce tableau lamentable.
Ma plume se refuse à tracer ces horreurs.
Que dis-je ? mais on vit dans ces jours de fureurs,
Une femme héroïque, une épouse, une mère (22),
Déployer des vertus l'auguste caractère.
O triste souvenir à ces malheurs touchants !
Qui ne plaindrait la mère, ainsi que les enfants ?

    Un prêtre était caché par les soins de sa mère ;
Tendresse maternelle alors bien téméraire !
Pour ce fait elle entend prononcer son arrêt ;
Sa vive émotion au même instant paraît ;
Elle élève la voix ; sa naïve éloquence,
Aux juges en deux mots prouve son innocence :
« Qui l'eut jamais pensé, dit-elle, qu'en ce jour
» De mon fils je serais victime de l'amour ?
» On voit les petits chiens allaités par leur mère ;
» Le tigre n'aurait pas ce courroux sanguinaire.
» Oui, j'ai donné chez moi l'asile à mon enfant,

» Et vous me condamnez pour ce fait innocent;
» En accueillant mon fils dans une nuit obscure,
» Aurais-je donc forfait aux droits de la nature ? »
A ce discours touchant, l'auditoire frémit,
Muet verse des pleurs, et fut tout interdit,
En voyant une mère, à qui l'on fait un crime
De l'amour maternel, amour si légitime.
On vit le président troublé balbutier :
C'est la loi, lui dit-il, de te sacrifier;
Et trois heures après, on menait au supplice
Celle qui pour son fils s'offrait en sacrifice ;
Ainsi son fils deux fois d'elle reçut le jour ;
D'une mère admirons jusques où va l'amour...
    Plusieurs femmes comme elle allèrent au martyre.
Pour sa foi, pour son Dieu, le sexe même expire,
Et forme de son sang le sceau de la vertu :
Tel était le combat par la foi soutenu.
On le vit à son tour, nouvelle providence,
Contre d'injustes lois protéger l'innocence,
A leurs représentants s'adresser en ces mots :
Hélas ! ils auraient pu soulager bien des maux ;
Ecoutons leur récit à jamais mémorable,
Pour des femmes alors que le malheur accable (23):
« Nous avons eu l'honneur, nos chers représentants,
De lire votre épitre et ses considérants;

                2*

Nous pensions y trouver, espérance frivole,
Ce style mesuré qui plait et qui console.
Sur nos malheurs présents tirant un voile épais,
Ils viennent, disions-nous, nous annoncer la paix ;
Par leurs voix réveiller les vertus, la justice,
Rendre la force aux lois en foudroyant le vice ;
D'un avenir heureux déployant le tableau,
Ils vont nous emflammer d'un courage nouveau ;
Et nos cœurs palpitant de joie et d'espérance,
Des douceurs de la paix jouissaient par avance.
Hélas ! loin de penser à charmer nos douleurs,
Vous semblez vous livrer aux plus noires fureurs.
Vous voulez donc rouvrir ces funestes abîmes,
Où l'on vit s'engloutir victimes sur victimes,...
Des pontifes trompeurs, esprits séditieux,
Se disant parmi nous interprètes des cieux ;
Faisaitent, ajoutez-vous, germer sur notre terre
Les factions, la mort, le désordre, la guerre ;
Mais c'est vous malheureux qui nous forgez des fers;
Vos lois et vos décrets font pâlir l'Univers.
Ces crimes sont à vous, et c'est là votre ouvrage ;
Ne l'imputez donc pas à l'homme juste et sage.
Faut-il donc que toujours accablés de nos maux,
Nous n'espérions de paix que celle des tombeaux ?
Non ce clergé n'est point ce que vous osez dire ;

Pour sa foi, quand il faut il brave le martyre...
Pour votre liberté montrez-nous vos héros ;
Nous ne voyons hélas ! qu'un essaim de bourreaux ;
La terreur les précède, et partout le carnage,
L'injustice, la mort signalent leur passage ;
Tous les jours on les voit renverser nos autels,
Et du culte divin détourner les mortels,
Allumer et souffler la torche incendiaire,
Et de l'assassinat supputer le salaire.
Que disent nos martyrs : que Dieu veut être aimé ;
Qu'il venge tot ou tard son saint nom blasphémé ;
Qu'il a les yeux ouverts sur toute la nature,
Pour protéger le juste et punir le parjure ;
Que son bras maintenant appesanti sur nous,
A la fin suspendra ses redoutables coups ;
Que c'est lui seul qui peut terminer nos misères ;
Qu'il faut hâter ce jour par d'ardentes prières ;
Recevoir de sa main et les biens et les maux,
Le prier instamment, même pour nos bourreaux ;
Qu'il faut leur pardonner comme Dieu nous par-
[donne,
Nous abstenir du crime et n'offenser personne...
    Ce langage divin ne peut vous offenser ;
Prier un Dieu de paix n'est pas se révolter.
Si pour les secourir Dieu lui-même s'avance ;

Vous opposerez-vous à sa toute puissance!
Mais pourquoi, dites-nous, êtes-vous courroucés?
Vos jours par eux jamais ne furent menacés;
Aux sages lois toujours l'Eglise fut soumise;
Le salut des humains fut toujours sa devise.
Du lévite sacré fidèle à son serment,
Prier est son devoir, instruire également... »
Mais après la tempête ou ce sanglant orage,
Le clergé reparut plein d'un nouveau courage,
Avec zèle accomplit sa noble mission,
En rendant sa splendeur à la religion.
Dans les temples rouverts, l'immortelle victime
Vint de l'homme effacer les souillures du crime,
Recevoir des chrétiens le culte solennel,
Pour rétablir la paix, s'immoler sur l'autel.
La France retentit du chant de ses ministres,
Priant Dieu d'éloigner de nous ces jours sinistres;
La piété reprit son antique vigueur;
La tendre charité redoubla son ardeur;
Oublia le passé, pardonna toute offense,
Et de ses ennemis soulagea l'indigence;
Le digne, le saint prêtre, agissant par amour,
Pour la religion fit reluire un beau jour;
Il raviva la foi du vrai catholicisme;
Son zèle et sa ferveur étouffèrent le schisme.

Il m'en souvient encor, j'admirais ce clergé,
Après l'orage enfin de ses fers dégagé,
Relever les autels, braver la tyrannie
De ces hommes de sang couverts d'ignominie ;
Et le vrai sacerdoce, après ces longs revers ,
Rendit grâce au Seigneur par de pieux concerts.
Après cette tourmente, ô ma patrie, ô France,
Enfin brilla sur nous un rayon d'espérance ;
Si l'enfer en ces jours, vomit tous ses suppôts,
L'Eglise militante enfanta des héros...
Le sexe aussi fit voir une force virile,
En scellant de son sang la foi de l'Evangile ;
Fidèle imitateur de nos premiers chrétiens,
Sa ferveur étonnait tous ces nouveaux païens.
La sensible pitié toujours compatissante (24)
Pour tous les malheureux se montra bienfaisante.
Dans ces funestes jours, la ville eut le bonheur
D'avoir au milieu d'elle un ange au noble cœur,
Qui sut se dévouer au plus fort de l'orage,
Pour tous les malheureux fit preuve de courage,
Ne reculant jamais devant aucun danger,
Pour le salut commun ou d'une âme à sauver.
Les enfants nouveaux nés, par sa sage entremise,
Etaient régénérés dans le sein de l'Eglise,
Les portant elle-même au ministre sacré,

Vivant toujours caché sans s'être parjuré,
Au fond d'un noir caveau dans l'ombre souterraine.
D'un grand nombre elle fut et l'ange et la marraine.
L'infirme et le malade, à leurs derniers moments,
Appelaient les secours des divins sacrements,
Elle courait la nuit chercher en sa retraite
Le prêtre... Ils expiraient dans une paix parfaite.
Sa noble mission peuplait le ciel d'élus;
Dans son cœur, il germait d'héroïques vertus,
Vertus en vérité qui paraissaient obscures,
Mais qui par son grand zèle étaient nobles et pures.
    Plus tard aux prisonniers, sa vive charité
Fit sentir son pouvoir, son efficacité;
Elle quêtait pour eux, soulageait leur misère;
A leurs âmes portait un beaume salutaire;
Elle allait nuit et jour leur prodiguer des soins;
Sans cesse les aidait dans leurs pressants besoins.
Mais si quelqu'un d'entr'eux, frappé par la justice,
Devait sur l'échafaud terminer son supplice,
Elle l'accompagnait à ce dernier moment,
Et la mort paraissait plus douce au patient.
Ou si l'infortuné devait, outre sa peine,
Essuyer au poteau la honte d'une scène,
Elle était près de lui pour calmer ses douleurs;
Tout en le consolant elle essuyait ses pleurs;

Elle l'encourageait, le couvrait de son ombre,
Pour le soustraire aux yeux d'une foule sans nombre;
Vigilante pour tous, par ses soins incessants
Sa vive charité soulageait leurs tourments.
Qui peut dire le bien que fit dans notre ville
Ce cœur compatissant en bienfaits si fertile;
Bien de l'âme et du corps, mais d'autant plus parfait,
Que son humilité le tenait plus secret.
Elle a rempli vraiment de vertus sa carrière;
La ville avait en elle un ange tutélaire.
Oui, je le dis sans crainte, en toute vérité,
Elle a servi d'exemple à toute la cité;
Ses modestes vertus, sa noble bienfaisance,
Méritant à jamais notre reconnaissance.
Sur la terre elle fut l'appui des malheureux;
Et pour eux elle implore encor du haut des cieux.

NOTES

SUR

L'HISTOIRE DE NOTE-DAME-DU-PUY.

(1) Voyez l'histoire remarquable de Notre-Dame-du-Puy par M. Monlezun, chanoine d'Auch, à laquelle nous renvoyons, article par article.

L'auteur, en l'écrivant avec autant de clarté que de fidélité, a su réunir dans un cadre rétréci tout ce qu'ont rapporté un grand nombre d'historiens qu'il a cités comme preuve de ce qu'il avançait.

Le premier chapitre de cette histoire explique comment saint Gorges, instruit d'un miracle opéré sur le Mont-Anis, et à la vue du plan merveilleux d'un temple tracé sur la neige par un cerf même en été le 11 juillet. Ce qui détermina le lieu même où s'est élevé l'édifice consacré à Marie; mais il ne put réaliser ce projet.

C'était à la fin du troisième siècle. La gloire en fut réservée à saint Vozy, septième évêque du Puy, sur la fin du quatrième siècle. Ce saint prélat, à la suite d'un second miracle, exécuta le dessein conçu par saint Georges.

De telles traditions ont sans doute toute l'authenticité requise, et nous portent du moins à croire que Marie avait choisi spécialement le Mont-Anis pour le théâtre de sa gloire, et peuvent assurément nous faire admettre comme possibles ces faits miraculeux qui ont été confirmés depuis plus de quatorze siècles par plusieurs historiens et par tant de miracles.

Quant à la consécration de l'Eglise que ces mêmes traditions attribuent à des Anges, on peut croire que la gloire de Notre-Dame-du-Puy est descendue d'en haut. Un fait qui vient à l'appui de cette assertion, c'est la translation miraculeuse de la maison de Nazareth, sur les côtes de l'Adriatique, maison transportée, non par la main des hommes, mais par celle même des Anges, et qu'on honore tant sous le nom de Notre-Dame-de-Lorette.

Ce sanctuaire, bâti sous saint Vozy en l'honneur de Marie sur le Mont-Anis, ne comprenait alors que le rond-point du chœur qu'occupent aujourd'hui les stalles des chanoines, et ce qu'on appelle encore la chambre angélique. Le reste de la nef et les deux bas-côtés ont été ajoutés dans le dixième et onzième siècle.

Quelques antiquaires ayant découvert sur le mur oriental du chœur des fragments de sculpture antique représentant un cerf ou une biche, ont pensé d'abord que l'église était d'origine païenne, comme temple de Diane ou d'Apollon, par exemple; mais ne peut-on pas dire aussi avec autant de probabilité ou de certitude, qu'à l'époque de la construction de cette église, ou même plus tard on a voulu représenter en sculpture le cerf que saint Georges avait vu longeant la neige et traçant le plan ou l'enceinte de l'église.

(2) Arrivée au Puy du pape Urbain II pour rendre hommage à Marie l'an 1095. Adhémard du Monteil, qui en était alors évêque, fut nommé légat de la Croisade en Orient. Vinrent ensuite Gélase II en 1110, et Calixte II en 1119. Vinrent aussi plus tard visiter le sanctuaire de Marie, Vincent II et Alexandre III en 1162. Voyez l'histoire (idem), ch. 23 et 24.

Pour les rois et les grands qui ont visité l'église angélique de Notre-Dame-du-Puy, on compte :

Parmi les rois, les Charlemagne en 772 et en 800 ; Louis-le-Débonnaire et Charles-le-Chauve ; plus tard les rois Eudes et Robert ; Louis-le-Jeune en 1146, et Philippe-Auguste en 1188 ; saint-Louis avec son auguste épouse, pendant deux fois ; Philippe III à son retour d'Afrique ; et Philippe IV en 1285 ; Charles VI en 1394 ; Charles VII en 1420 et en 1424 ; Louis XI en 1434, en 1475 et 1476 ; Charles VIII et François Ier avec la reine Eléonore et les trois princes du sang en 1533 ; un duc de Bourgogne ; Charles, duc de Guyenne, frère de Louis VI, en 1469 ; le comte d'Albany, régent d'Ecosse ; Louis II, duc de Bourbon-Vendôme, et le duc de Savoie, etc., etc.

Parmi les grands seigneurs, les Montmorency, les Joyeuse, les Noailles, des évêques, et même des guerriers célèbres, parmi lesquels on voit les Bertrand Duguesclin, Raymond, comte de Toulouse, et Raymond de St-Gilles.

Parmi les ints trois abbés de Cluny, saint Mayol

ou Mayeul, saint Odon, Pierre-le-Vénérable, saint Robert, saint Etienne, saint Eudes et saint Chaffres, saint Vincent Ferrier en 1416, sainte Colette, la vénérable mère Agnès, et enfin saint François-Régis, apôtre du Velay.

A différentes époques, des pèlerins de toutes les provinces de France et des royaumes voisins, même des Polonais, des Grecs, des Espagnols en grand nombre qui, disaient-ils, venaient voir leur Dame de France.

(3) Voir le détail de ces indulgences accordées au sanctuaire de Marie, dont la possession existe depuis un temps immémorial (même ouvrage, chap. V, page 24 et suiv.),

(4) L'opinion la plus générale veut que saint Louis l'ait apportée d'Egypte en 1254 au retour de sa captivité, et en ait fait présent à l'église angélique du Puy. On la croyait d'ébène sans doute à cause de sa couleur noire; Mais M. Feujas de St-Fond l'ayant scrupuleusement examinée pendant deux fois en présence de plusieurs membres du Chapitre de la cathédrale, prouva qu'elle était de bois de cèdre. Sa hauteur était de 21 pouces; elle était assise sur une espèce d'escabeau tenant l'Enfant-Jésus assis sur ses genoux. Une seconde preuve vient encore à l'appui de ce sentiment. Le 8 janvier 1794, avant qu'elle fut livrée aux flammes, un misérable canonnier, d'un coup de sabre en détacha le nez; M. Bertrand Morel étant présent, reconnut encore qu'elle était de cèdre, en présence de tous les assistants, et opina pour qu'elle fut conservée

mais il ne fut point écouté. Feujas de Saint-Fond prétend et prouve qu'elle 'avait été un Isis ou un Osiris des païens avant l'ère chrétienne. Cette statue ferait aujourd'hui l'admiration des savants anti-quaires d'Europe.

(5) Couronnement de la nouvelle statue sur la place du Breuil le 8 juin 1856, par notre vénérable évêque, accompagné de NN. Sgrs de St-Flour, de Valence et de Mende, au nom de Pie IX, qui lui-même, après avoir proclamé l'immaculée Conception de Marie, couronna l'image de la Vierge exposée dans l'auguste basilique de St-Pierre-de-Rome. Voir le discours du père Nampon, ou la relation du couronnement de Notre-Dame-du-Puy.

(6) Après le couronnement, la procession vint s'arrêter sur la place dite du Martouret, autour d'un magnifique reposoir dressé en l'honneur de Marie sur le lieu même où sa statue avait été indignement profanée. M. Badon, maire de la ville du Puy, au nom des habitants, et en réparation des outrages faits à la patronne du Velay, vint offrir un cierge du poids de 25 livres : c'était dire à Marie que tous les habitans du Puy la conjuraient d'oublier la profanation faite à son image sur cette même place, et la priaient humblement d'agréer cet hommage de leur fidélité envers leur auguste patronne. Voyez la relation du couronnement, page 23.

(7) Tout le monde connait la juste observation de Tertullien, mais terrible et profonde. Ce grand homme, au

milieu des persécutions, s'adressant aux peuples trompés par l'impiété, disait pour la confusion éternelle des tyrans *sanguis martyrum, semen Christianorum :* admirable observation dont toutes les persécutions ont prouvé la justesse.

(8) Le 22 avril 1630, un tableau fut donné par tous les ordres des habitans de la cité, et placé dans l'église de Marie en reconnaissance de la disparition de la peste. On le voit encore appendu sur les murs avec l'inscription suivante?

Vœu fait par tous les ordres des habitants de la ville du Puy le 22 avril 1630, rendant grâce à Dieu de les avoir délivrés du mal de peste, duquel moururent dix mille et plus desdits habitans l'année précédente; cette faveur leur étant arrivée par les prières puissantes de la glorieuse Vierge, leur bonne dame et patronne, de laquelle est portée en procession solennelle la sainte Image, comme est ici dépeinte d'après les quatre vers suivants :

Accipe devotam merito, Virgo, tabellam,
Sic licet hœc meritis gratia parva tuis.
Anicii memor, heu! Quœcumque in festa repelle,
Simper et afflictis esto levamen eis. Amen.

EN VOICI LA TRADUCTION :

O Vierge, recevez ce tableau qui vous est justement consacré, quoique ce soit un bien faible hommage de notre reconnaissance pour tous vos bienfaits. Souvenez-vous de la cité d'Anis; éloignez-en les fléaux, et soulagez-la toujours dans ses malheurs...

Une fête se célèbre tous les ans en l'honneur de Marie par une procession votive, et le chant des litanies de la sainte Vierge, le 3 décembre de chaque année, pour la remercier de tous ses bienfaits, ainsi que de la délivrance des hérétiques en 1585. Voyez l'ordo 3 décembre et l'histoire de M. Moulezun, page 49 et suiv.

(9) Limoges, et Bordeaux, et Toulouse, et Lyon, c'est surtout au milieu des épidémies et des calamités publiques Que Marie fit toujours éclater sa commisération et sa puissance en faveur de ces quatre villes. (Voyez même histoire, chap. XIII, page 145 et suiv.)

(10) En 1723, la ville de Langogne, effrayée des progrès de la peste qui l'environnait de toute part, se mit sous la protection de Marie en lui vouant un pèlerinage. Le fléau s'arrêta. Tous les habitans, les autorités et le clergé en tête, vinrent au Puy processionnellement rendre leur tribut d'amour et de reconnaissance à Marie, et déposèrent le rare tableau sauvé du Vandalisme qu'on voit encore dans le passage de la sacristie.

(11) Au fond de ce tableau on lit :
DEO CONSERVATORI.

Civitas lingunensis B. Virginis ani. Singulari tutellâ
A peste undique apud gabellos grassente incolumis
Servata, Votum |vovit. 20 Aprilis anno MDCCXXIII.

(12) Sur ce rocher était un magnifique et beau château-

fort, servant de maison de campagne à l'évêque du Puy
que M. le baron de St-Vidal détruisit par l'effet de la pou-
dre et dont il ne reste aujourd'hui aucune trace.

(13) Le 16 mai 1856, la commission arrête à l'unanimité
que l'exécution du monument serait confiée à M. Prenat,
fondeur à Givors ; et pour cela, le 19 avril 1856, l'Empereur
mit à la disposition de Mgr l'Evêque du Puy 150,000 kilos
fonte de fer, provenant du butin fait en Crimée.

Le modèle de M. Bonassieux a 2 mètres 66 centimètres
La statue doit avoir 16 mètres de haut et 17 mètres de
circonférence ; le poids de 100,000 kilos, sur un piédestal
octogone de 8 mètres environ de hauteur. Le moulage en
plâtre fut commencé le 14 décembre 1856 et terminé le
2 octobre 1857 par M. Fournier. chef de fabrication, attaché
à la fonderie de MM. Prenat et Cie, présentant un ensemble
harmonieux avec un art infini et une précision remarquable.

La statue est débout sur une sphère où s'enroule un
énorme serpent, figure allégorique du péché, dont elle
écrase la tête sous ses pieds. Elle tient sur son bras droit
l'Enfant-Jésus qui bénit la ville du Puy ; sa tête est sur-
montée d'une couronne formée par douze étoiles.

Le serpent a 17 mètres de long ; les pieds de la Vierge
ont chacun 1 mètre 92 centimètres de long ; ses cheveux,
rejetés en arrière sur son manteau, ont 7 mètres de long.

L'avant-bras a 3 mètres 75 centimètres, et la main, de
la naissance du poignet à l'extrémité des doigts, a 1 m

tre 56 centimètres; la largeur de cette main est de 1 mètre
2 c.

La statue pèse en plâtre 40,000 kilos, et l'Enfant-Jésus,
à lui seul, 18,000 kilos; en fonte elle pèsera 100,000 kilos,
dont 30,000 pour l'Enfant-Jésus.

Le groupe de l'admirable travail de MM. Fournier père
et Fils, se compose de plusieurs pièces si bien juxtaposées
qu'on ne peut distinguer les jointures sans indication.

On montera dans l'intérieur de la statue par un esca-
lier en fer conduisant à trois étages éclairés chacun par
4 petites fenêtres ouvrant sur les quatre points cardinaux
et d'où la vue pourra s'étendre sur tout l'immense panorama qui se déroule aux pieds du rocher de Corneille (Voir
le n° du 10 octobre 1857 du journal la Haute-Loire).

(14) Le 5 septembre 1855 et les trois jours suivants,
l'Empereur et ses Ministres souscrivirent pour l'érection
d'un monument national en l'honneur et à la gloire de Notre-
Dame-de-France sur le Mont-Anis. C'est un vœu que je
vous propose, leur avait dit notre évêque; un vœu de
la France à Marie, pour obtenir la victoire et la paix. —
D'ailleurs, il faut du bronze pour notre statue, et Notre-
Dame-des-Victoires, qui déjà vous en a donné beaucoup,
s'apprête encor à vous en livrer d'avantage; et trois
jours après, 8 septembre, fête de la Nativité de Notre-
Dame, Sébastopol et ses milliers de canons tombaient
entre les mains de l'armée française (voyez le discours
pour le couronnement de Notre-Dame-du-Puy, page 26,
et la relation du couronnement, page 20.

NOTES

L'ÉPISODE DE LA RÉVOLUTION DE 1795.

———◆———

(15) Voici ce qu'on lit dans le dictionnaire historique, art. Voltaire ?

Voltaire a produit une révolution dans l'esprit et dans les mœurs; mais s'il s'est servi quelquefois de son talent pour faire aimer la raison et l'humanité; il en a singulièrement abusé en répandant des principes d'irréligion et d'indépendance. Sa vie n'a presque été occupée qu'à détruire; il est bien difficile de pouvoir caractériser ses ouvrages contre la religion. Ses ouvrages antichrétiens ne sont qu'une éternelle dérision des prêtres et de leurs fonctions; il tourne en ridicule tout ce qui a trait à la morale, en insinuant les principes du matérialisme; et pour mieux distiller son poison, il emploie les saillies ingénieuses de la fourberie: mots piquants, peintures riantes, réflexions hardies, expressions énergiques, etc., etc. ainsi que les ressources du bel esprit; mais ce qu'il y a de plus odieux, c'est sa mauvaise foi quand il altère les faits, tronque les passages, suppose des erreurs, imagine des contradictions pour donner plus du sel à ses inventions, et plus de force à ses raisonnements.

2***

Pour prouver que Voltaire et Consorts furent les principaux auteurs de la révolution de 1793, il nous suffira de citer ici le passage d'une lettre de Voltaire à M. de Chauvelin « Tout ce que je vois, disait-il, jette la semence d'une révolution qui arrivera infailliblement, mais dont je n'aurai pas le plaisir d'être témoin ; on éclatera à la première occasion ; alors on verra beau tapage et de belles choses. » Hélas ! cette prophétie infernale ne s'est que trop malheureusement accomplie.

Condorcet, son ami, a dit : Voltaire n'a point vu tout ce qu'il a fait ; mais il a fait tout ce que nous voyons.

(16) En général, tout le clergé du diocèse du Puy fut réellement admirable par la fermeté de sa foi... A peine quelques-uns, intimidés par la vue de l'échafaud ou sollicités par de faux amis, souscrivirent au décret de l'assemblée constituante du 17 décembre 1791 ; au reste nous dirons à l'honneur du sacerdoce et à la gloire de la religion que presque tous ceux qui eurent le malheur de fléchir, revinrent à résipiscence en se rétractant avant de mourir ; et plusieurs ont donné des preuves non équivoques de leur repentir, et d'un sincère retour à la foi de l'Eglise catholique, apostolique et romaine.

(17) Le 4 janvier 1791, 39 évêques et 230 curés, membres de l'assemblée constituante, furent sommés de prêter le serment schismatique. A cette proposition, nullement intimidés par les vociférations d'une populace ameutée qui criait : *à la lanterne tous ceux qui ne jureront pas,*

On les vit tous fermes et inébranlables dans leur résolution, protester qu'ils ne prêteront jamais ce serment parce qu'il était contraire à leur devoir et à leur conscience. A la vue de cet exemple de fermeté : *nous avons son argent,* s'écria Mirabeau, *mais il garde l'honneur.* Presque tout le clergé suivit ce noble exemple de fermeté et de fidélité à la foi de ses pères.

Ce seul trait de courage et de résolution, en face de l'échafaud, suffirait ici pour faire la plus belle apologie du clergé de France et honore la religion.

(18) A la date du 29 et 30 vendémiaire an II de la République française, ou 21 et 22 octobre 1793, parut un édit foudroyant contre le clergé, dont voici la teneur : peine de mort contre tout citoyen qui réeèlerait un prêtre sujet à la déportation et confiscation de tous ses biens.

On a remarqué, généralement, que tous ces biens vendus à vil prix, la plupart payés en assignats, ne profitèrent guère aux acquéreurs, attendu que la malédiction du ciel semblait s'être attachée à ces ventes sacrilèges. Plusieurs y trouvèrent, non-seulement le trouble de leur conscience, mais encore la honte de leurs familles et l'indignation publique.

(19) Voici ce qu'on lit dans l'histoire de la Révolution française de 1793, par Ménéchet.

Ce n'est pas seulement le prêtre et le noble qui montent sur l'échafaud; l'un pour expier sa naissance, l'autre sa mission; ce n'est pas seulement le royaliste qui vient y subir la peine de son dévouement à la royauté; c'est l'homme riche qui expie ses richesses, le négociant sa probité, l'artisan son industrie, le guerrier ses victoires... Quiconque honore la vertu, console le malheur, soulage la misère; devient suspect aux 50000 comités révolutionnaires qui se repartageaient la France; quiconque était suspect, était coupable. Un républicain Prud'homme a dressé les registres mortuaires de l'échafaud. On compte, par leurs noms, 18,613 victimes, dont 13,633 hommes, et 1,407 femmes de laboureurs ou d'artisans. Joignons à cette effrayante nomenclature les 900,000 morts de la Vendée, dont 15,000 emmes et 22,000 enfants; ajoutons encore les 32,000 victimes du proconsul Carrier, à Nantes, qui, trouvant l'échafaud trop lent, lui donnait en aide les eaux de la Loire; et nous n'aurons encore qu'une faible idée de cette mare de sang, où replongeaient à l'envi les ministres de Robespierre, sous le règne de la terreur. (Voyez Ménéchet, hist. de France, tome II, page 180;) ainsi le relevé des chiffres officiels présente à la postérité épouvantée un total de 950,613 victimes, ou près d'un million.

Voyez les martyrs et les bourreaux de 1793, par Alphonse Cordier, tome III, page 5 et 6. A la fin de chaque volume on trouve les noms des victimes exécutées jour par jour, soit à Paris, soit dans les provinces.

Noms des prêtres immolés du diocèse du Puy, pour cause de leur fidélité à Dieu.

MM. Vassel, vicaire à St-Just, Chabrier, v. à Allègre,

Brustel, curé d'Arlet, Delouche, v. à Gap, *Dugrail*, prêtre à Ste-Agrève, Bernardon, chap. à Villeneuve, Mourrier v. à Beaune, *Gérenthe*, v. à Laussonne, Clavel, v. à Craponne, Legrand, comte de Brioude, Delherm, c. de Laussonne, Boudoussier, v. à Monistrol-d'Allier, Monier, v. à St-Maurice, Faure, v. à Yssingeaux, Prolhac, chantre à Mende, Chautard, v. à St-Just, Eyraud, ch. de Brioude, Peyret, ch. du Pertuis, Pigeon, v. à Bains, assassiné à Sanssac-l'Eglise, Mermet, c. de St-Ferréol, Parrat, v. de Rosières, qui s'était glorieusement rétracté, exécuté à Paris, Perbet, chap. de Queyrière, assassiné sur la route d'yssingeaux avec M. Aulagnier, Mathias Augustin Nogier, de Solignac, Boucharcinc du Chomeil, tous les deux massacrés aux Carmes, à Paris, Pons, massacré au séminaire de St-Firmin, à Paris, Jean Vauel, exécuté à St-Flour, Abeillon, prieur de Laudes, et Gaillard de Sénilhac, exécuté à Paris.

Noms des exilés ou transportés à la Guyane.

MM. Milhet, Maurin, Jean, de Vertaure, Gaillard cadet, Beau, Lafond, Pellissier, Bernard, Pigeon. Fournier, chanoine, de Pradeaux, Beaudetty, Vénard, Lassaulse, curés; Blanchon, Vigouroux, Souchon, Michel, Choriez, de l'Herm aîné, Lami, de Gouïs, bénédictins; Dupont, chartreux; Honoré camille, les deux frères, Rousset, Aléxandre, capucins; Margerit, cordelier; Bongiraud, Raymond, Duclusel, missionnaires; Chapteuil, prêtre; de l'Herm cadet, diacre.

Morts en exil.

MM. de Fonfreyde, de Laborie, chanoines; Marcon,

Pont-Vianne, Guilhot, curés; Giraud, Chambon, Gaillard aîné, bénédictins; Thomas, missionnaire; Sauron, Bariol aîné, Bariol cadet, prêtres.

Plusieurs noms ont échappé à nos recherches malgré tous nos soins à les recueillir.

Morts en détention dans les différentes prisons de la ville du Puy.

MM. Sanial, Rome, Boyer, Limousin, Montagne, Gimbert, Monier, Verne, Berard, don Bertrand, Baudetty, jésuite, frère Antoine, chartreux, et frère Albine, capucin.

(20) Cette loi, singulièrement élastique et atroce, enveloppait au moins les $4_{}75^{es}$ des familles françaises, et les mettait a la discrétion des comités de surveillance. Personne ne pouvait échapper, si non les Jacobins, les Mendiants et les imbéciles. La première liste des suspects au Puy ne contenait pas moins de cinq cents noms des familles les plus respectables; aussi les prisons, les bâtiments du séminaire, de Ste-Claire, de la Visitation, aujourd'hui prison, et St-Maurice, furent bientôt insuffisants pour contenir les prisonniers. (Voyez page 119, décret du 8 septembre.

Nous aurions désiré placer ici le catalogue de toutes les personnes du pays incarcérées pour cause d'opinion ou de fidélité à leur foi que nous avons sous les yeux; mais dans la crainte de réveiller de justes susceptibilités ou de tristes souvenirs, nous avons pensé qu'il était

prudent de nous abstenir et de nous renfermer dans l'énu-
mération des chiffres.

Au Puy: incarcérés 154, à Craponne, 22, à Félines, 9,
au Monastier, 8, à Yssingeaux, 5, à Brioude, 2.

(21) Dans diverses communes du département, 72.
Total 202.

(22) Madame Beauzac. d'Agizoux, commune de Solignac-
sur-Loire, fut condamnée à mort pour avoir donné l'hos-
pitalité à son fils Augustin qui venait malgré la tourmente
révolutionnaire de recevoir les ordres sacrés des mains de
son évêque, alors en Suisse, mort chanoine doyen du
chapitre de la cathédrale du Puy.

(23) Cette lettre n'est qu'une fidèle reproduction de la fa-
meuse adresse des dames citoyennes de la ville du Puy
aux électeurs de la Haute-Loire, leurs représentants, en
réponse à la demande qu'elles avaient faite en faveur des
malheureux prisonniers du département, rédigée en partie
par Mme de St-Arcon. (Voyez conf. page 56.)

(24) La sœur Alirol, dite Petite-sœur Supérieure de
la communauté de la Mère-Agnès, se distingua pendant
la révolution par son zèle officieux à procurer les secours
de la religion aux malades et aux infirmes, ainsi que le
baptême aux enfants nouveaux-nés du Puy et des environs.
Après la révolution elle se dévoua aux soins particuliers
des prisonniers, les accompagnant elle-même soit au
piquet soit à l'échafaud, et mourut en odeur de sainteté
le 10 juillet 1827.

A NOTRE-DAME DE FRANCE.

Quelle est celle qu'on voit s'élevant dans la nue,
    Sur le rocher d'Anis,
Comme l'astre du jour scintillant à la vue
    Nous présentant son fils.
A ses pieds un dragon, à son bras un enfant;
    Au front une couronne,
Sous son manteau royal quel spectacle imposant?
    Du Puy c'est la patronne.

Dieu la choisit parmi les filles de Judée
    Pour mère du Sauveur;
Par un ange autrefois elle fut saluée :
    Mais pourquoi cet honneur?
Le démon de l'orgueil rendit l'homme coupable
    Envers son Créateur :
Par lui-même sa faute était irréparable,
    Sans un Dieu rédempteur.

Dieu dit: je me revets de la nature humaine;
    Et Marie obéit.
Pour le salut de l'homme, espérance certaine :
    Un enfant Dieu naquit;
Voilà l'Emmanuel, voilà la nouvelle Eve,
    C'est pour l'humanité

Que le Verbe fait chair s'immole et nous relève:
Gloire à l'humilité.

Aimons donc, ô mortels! et Jésus et Marie,
Qu'on révère en tout lieu;
Que de bienfaits pour nous répandus sur la terre,
Par la mère de Dieu.
On élève partout, à sa sainte mémoire,
Des temples, des autels;
N'a-t-elle pas chez nous depuis longtemps la gloire
De nos vœux solennels.

On a vu prosternés, sous son dôme angélique,
Les peuples et les rois,
Qui faisaient retentir l'auguste basilique
Du concert de leurs voix;
Souvent elle exauça leurs vœux et leurs prières,
Par d'étonnants bienfaits,
Elle adoucit nos maux, soulage nos misères,
Et comble nos souhaits.

Mais rappelons ici la faveur spéciale,
L'honneur d'un Jubilé,
Privilège sacré, grâce immémoriale,
Don le plus signalé;
On vient de toute part en invoquant Marie,
Supplier le pardon,
Elle, pour les pécheurs aisément attendrie,
Invoque la rançon.

Notre-Dame-du-Puy désirant d'âge en âge
    Qu'on l'honore en ce lieu
Veut bien y recevoir, agréer notre hommage,
    Comme mère de Dieu ;
En tout temps elle fut des chrétiens l'espérance,
    Des Français le secours ;
Depuis longtemps elle est notre Dame de France,
    Et le sera toujours.

La France l'a compris, elle est reconnaissante ;
    Et son empressement,
A jamais prouvera sa foi vive et constante
    Par ce gage éclatant ;
Le Français qui se plait aux œuvres grandioses,
    A porté son présent ;
Et l'empereur encore aimant les grandes choses,
    S'est montré bienfaisant.

Ds la France à jamais cette haute statue,
    Gloire de ce pays,
Rappellera toujours qu'on l'éleva fondue,
    Des canons ennemis ;
Sébastopol tonnait et son airain terrible
    Vomissait le trépas ;
Le Français à l'assaut n'est pas moins invincible
    Qu'il l'est dans les combats.

De ces bronzes conquis le colosse s'élève
    Chef-d'œuvre d'art chrétien,

O l'heureuse pensée, ô qu'à la nouvelle Eve
    Elle convenait bien ?
Si le bronze et le marbre au talent, au génie,
    Au généreux vainqueur
Sont souvent destinés, depuis longtemps Marie
    Méritait cet honneur.

O Marie, agréez, de ce trône de gloire,
    Nos prières, nos vœux ;
Trop heureux de laisser votre auguste mémoire
    A nos derniers neveux ;
Qu'ils mettent comme nous en vous leur confiance,
    Non ce n'est pas en vain,
Qu'en s'adressant à vous sur la mer comme en France,
    Le secours est certain.

Vous êtes à jamais et vierge, et mère, et reine,
    Dans le cœur des Français ;
C'est leur culte sacré, soyez leur souveraine,
    Comblez-les de bienfaits ;
Daignez être toujours leur appui, leur patronne,
    En tout temps, en tout lieu ;
Et que chacun à vous se consacre et se donne,
    Comme ont fait nos aïeux.

La France vous connait glorieuse et puissante,
    Par d'insignes faveurs ;
En guerre comme en paix rendez-la florissante,
    Régnez sur tous les cœurs :

Protégez le clergé dont s'honore la France
   Et son épiscopat ;
Décorez de vertus, d'une sage puissance
   Le prince de l'Etat.

Que votre divin Fils aux Français soit propice,
   éprouvés ici-bas ;
Qu'en sa miséricorde un jour il les bénisse,
   A l'heure du trépas ;
Qu'il soutienne toujours l'Eglise militante
   Contre les factieux,
Elle, au suprême jour, montera triomphante
   Jusqu'au plus haut des cieux.

ERRATA DES SOUVENIRS.

Page 13, vers 17, au lieu de sauvé, lisez sauvés.

Page 15, vers 7, au lieu de pourrais, lisez pourrait.

Page 22, vers 12, au lieu de de lui, lisez en lui.

Page 26, vers 5, au lieu de et, lisez en.

Page 33, vers 14, au lieu de épanchait, lisez épancha.

Page 36, vers 2, au lieu de et pardonnent, lisez pardonnant·

Page 37, vers 7, au lieu de accompagnaient, lisez accompagnait.

Idem, vers 9, au lieu de immolaient, lisez immolait.

Page 39, vers 9, dites et l'impie a toujours une fin misérable·

Page 40, vers 17, dites envers lui notre amour est juste et légitime.

Page 51, vers 14, au lieu de méritant, lisez méritent.

Page 57, vers 19, après merito ajoutez tibi; au second vers au lieu de sic dites sit.

Page 64, vers 12, au lieu de emmes, lisez femmes. Ligne 16, dites se plongeaient.

Page 69, vers 3, au lieu de Jésus et Marie lisez Jésus et sa Mère. Id., v. 24, au lieu de supplier, lisez demander.

Id. vers 26, au lieu de invoque la rançon, dites nous impètre ce don.

Page 71, vers 17, dites ayez toujours sur eux puissance souveraine.

Page 72, vers 6, au lieu de éprouvés, dites tant qu'ils sont.

www.ingramcontent.com/pod-product-compliance
Lightning Source LLC
Chambersburg PA
CBHW070809260626
47161CB00006B/2223